LA SOMBRA

PARTE DOS

John M3 Frame

2020

"La policía está en la escena de dos desapariciones que han sucedido en los últimos días en este prestigioso barrio, en uno de los casos se trata de una chica universitaria quien fue vista por última vez al entrar a su casa el segundo día de que las autoridades llegaran al barrio, el otro caso es una periodista de un canal particular, quien fue vista por última vez justo donde estoy ahora, ella estaba tratando de entrevistar a un grupo de policías," dice un hombre vestido con un suéter gris de cuello alto y un bléiser de color azul oscuro.

El hombre tiene un micrófono en su mano derecha.

Un chico está mirando la pantalla del televisor.

"Súbale," le dice un hombre con tono fuerte.

El chico que sostiene el control remoto en una de sus manos le sube un poco el volumen.

El hombre del micrófono sigue hablando en la televisión, atrás de él se pueden ver muchos vehículos de la policía y una parte de las casas del barrio.

El chico se pone pálido, camina de forma acelerada hacia la puerta principal de la casa.

"Súbale," le dice de nuevo el hombre.

Él viste una camisa azul de cuello, una chaqueta de color verde, y un pantalón de color crema.

El chico abre los ojos más de lo normal y se mira las manos.

En la pantalla del televisor aparece el volumen en ceros.

El chico se da la vuelta, sus manos le tiemblan cuando le sube al volumen nuevamente.

El hombre se levanta del sofá.

"¿Que carajos le pasa? eso es por andar con esa mano de bagos," le dice mientras se acerca y le quita el control remoto de las manos.

El chico abre la puerta.

"Recuerden que ahora el toque de queda es obligatorio tienen que permanecer en sus casas," se escucha un megáfono en la calle.

El hombre inmediatamente lo hala del brazo y cierra la puerta de forma violenta.

"Recuerden que ahora el toque de queda es obligatorio tienen que permanecer en sus casas," sigue diciendo un policía hablando por el megáfono.

Varios policías que están en uno de los extremos del barrio, ven la noticia en sus teléfonos, uno de ellos se queda mirando fijamente a una de las casas.

Alguien esta observándolo, y cierra la cortina rápidamente.

El policía se estremece, sus ojos se agrandan.

"¿Y si alguien se dio cuenta?" él dice con voz temblorosa.

Otro de los policías se le acerca lo golpea varias veces en el rostro haciéndolo sangrar por la nariz.

"¿Se dio cuenta de que? se volvió loco, ¿de que está hablando?" le dice.

El policía levanta los brazos, se aleja, después se limpia la nariz y se gira viendo hacia otro lado.

"¿Escucharon la noticia?" dice un chico hablando por walkie talkie.

Él está observando por la ventana de su cuarto.

"Afirmativo," se escucha la voz de un chico antes de reír.

El chico abre la ventana, se sube en una mesa y se sale hacia el techo.

"Afirmativo," se escucha la voz de otro chico en el walkie talkie.

El chico mira hacia los árboles ubicados en la parte de atrás de la casa.

"Esto es serio," se escucha la voz de otro chico por el walkie talkie.

La alarma de un teléfono suena levemente.

La periodista se queda observando el techo por un momento.

Ella esta acostada en una cama doble.

El teléfono deja de sonar.

Ella asiente, se sienta al borde de la cama por unos segundos, después se pone de pie, y camina descalza hacia la cocina.

El hombre está sentado en un sofá de color negro, él viste una camiseta blanca, una camisa de cuello de color azul oscuro y un pantalón de color crema.

"Esto se salió de control," él le dice mientras se lleva la mano derecha entre la boca y barbilla.

Ella camina delicadamente con un pocillo de café en su mano derecha, y se sienta al lado.

La periodista está usando un camisón de color blanco con pequeñas figuras de color azul.

El hombre coge el control remoto del televisor y le sube el volumen.

La periodista mira hacia el lado izquierdo por unos segundos, enseguida se arregla el cabello con la mano derecha mientras sostiene el pocillo de café con la otra.

El hombre le sube más al volumen del televisor.

Ella se gira y se queda mirando atentamente.

En la televisión aparece la foto de ella.

"La recompensa por quien tenga información de la reconocida periodista está cerca del millón de dólares," dice uno de los presentadores del noticiero.

Ella casi se atora con el café, rápidamente deja el pocillo en una mesa al lado del sofá.

"¿Quién pagara eso? mi familia no tiene ese dinero disponible en este momento, como para que haya dado la autorización," ella dice.

El hombre frunce los labios, le baja el volumen, después pone el control en el sofá y se queda mirándole las piernas a la periodista por unos segundos.

Ella sigue viendo atentamente al televisor, se arregla de nuevo el cabello, después toma el pocillo de café y se lo lleva a la boca.

El hombre mira hacia el piso por varios segundos, después

se levanta del sofá de forma elegante y camina hacia la ventana.

La periodista lo mira por un momento, enseguida sigue viendo al televisor, coge el control y le sube un poco al volumen.

El hombre abre la cortina solo algunos centímetros apenas para que él pueda ver hacia afuera.

Dos policías caminan a pasos acelerados, uno de ellos lleva una pala.

Una de las cejas del hombre se alza, asiente, cierra la cortina, y se gira mirando a la periodista.

"Vístete," él le dice en voz alta.

"¿cómo?" dice la periodista.

"Alista tu teléfono," él agrega mientras camina hacia el sofá y se pone una chaqueta.

La periodista apaga el televisor y lo mira fijamente.

"¿qué ocurre?" le dice.

Él se arregla la solapa de la chaqueta, y la mira a los ojos.

"Hazlo," le dice mientras se va hacia uno de los cuartos

Ella se queda mirando al piso por un momento, luego asiente, se va al cuarto caminando de forma rápida y comienza a vestirse.

De repente ella grita, se cubre los senos con las manos.

El hombre está en la puerta del cuarto y sostiene una peluca en una de sus manos.

"Lo siento," él le dice mientras mira hacia otro lado.

Ella eleva una de las cejas.

"¿de quién era?" le dice.

Él se sonríe.

"De un maniquí, confía en mí," dice

Ella se acerca y le recibe la peluca.

"Okay, ahora como diablos me bajo de aquí," dice un chico que viste un suéter de color negro y un pantalón de color entre morado y blanco.

Él se acerca a la orilla deja el walkie talkie en el techo mientras se agacha y se sostiene de una de las paredes.

De repente se estremece, se agarra fuerte del techo haciendo caer el walkie talkie al piso.

"Carajo," dice mientras arruga el rostro.

"¿dónde estás?" se escucha un chico por el walkie talkie.

"Carajo," dice nuevamente el chico mientras se sostiene con mucha fuerza bajando por la pared.

"¿dónde diablos estas?" se escucha al chico en el walkie talkie.

Cuando cae al piso, el chico mira un momento hacia la ventana de su cuarto, luego se agacha y coge el walkie talkie.

"Ya estoy abajo," dice caminando agachado hacia uno de los lados del patio trasero de su casa.

Se puede escuchar que alguien corre detrás de la cerca de madera.

El chico asiente, corre hacia el final de la cerca y mira hacia los árboles.

"Ya estoy aquí," dice en voz baja.

De repente el chico se gira de forma brusca, observa hacia la ventana de su cuarto.

Se puede escuchar interferencia en el walkie talkie como si alguien estuviera tratando de decir algo.

El chico acerca el walkie talkie a su boca.

"Estoy en la cerca, al lado de los dos árboles," dice en voz baja mientras mira hacia la ventana de su cuarto.

Desde allí se puede ver que una mujer entra en el cuarto del lado.

Los ojos del chico se abren totalmente, se gira y mira hacia los árboles.

"¿Dónde carajos están?" dice en voz baja.

La mujer entra al cuarto del chico, ve la ventana abierta, levanta una de las cejas, camina de forma elegante, mira por la ventana, después frunce los labios, y sale de la habitación caminando un poco más rápido.

Se pueden escuchar muchas voces y risas.

Ella baja las escaleras corriendo, mira hacia la sala, asiente, se dirige a uno de los sofás, coge el control remoto y apaga el televisor.

"Vamos," se escucha la voz de un chico.

Ella se gira de inmediato, camina hacia la parte de atrás de la casa y abre la puerta de un solo movimiento.

"¿qué estás haciendo ahí?" ella dice en voz alta.

El chico está de pie junto a la cerca de madera.

La mujer se acerca.

"¿Porque no me haces caso?" le dice.

El chico sigue con sus manos apoyadas en la cerca.

La mujer camina acelerada, le toca el hombro con fuerza.

"Oye, te estoy hablando," le dice.

El chico se cae de para atrás, su rostro está muy blanco, tiene algo en la boca y no se mueve.

Ella entra en pánico, se queda estática por un momento, luego lo abraza, y lo trata de levantar.

El chico no reacciona parece muerto.

A la mujer se le llenan los ojos de lágrimas, lo deja acostado en el suelo delicadamente, y entra a la casa corriendo.

Una corriente de aire le da en la cara haciéndole mover mucho el cabello, ella sigue corriendo directo a la sala, tiembla al coger su teléfono.

"Necesito una ambulancia," ella dice con voz temblorosa.

Otra corriente de aire le da en el rostro.

Ella mira hacia el frente.

La puerta que da a la calle está totalmente abierta.

Sus ojos se ensanchan, ella mira a todos los lados.

"Si dígame en que puedo servirle," le dice un hombre al teléfono.

Alguien se asoma a la puerta y corre hacia la calle.

Ella se acerca a la puerta.

"¿qué es eso?" dice la periodista al ver que el hombre quita un tapete descubriendo una compuerta en el suelo al lado del sofá.

El hombre sonríe mientras abre con fuerza la compuerta.

"Prepara tus ojos para la oscuridad," le dice el hombre.

Ella de termina de colocar la peluca, y se queda en silencio.

El hombre la mira por unos segundos.

"Olvide entregarte esto " le dice mientras sostienen en sus manos una especie de jorro de natación.

La periodista sonríe.

"¿acaso se me siguen notando mis rubios?" le dice moviendo sutilmente la cabeza.

Los mechones de su cabello se han mezclado con los de la peluca.

El hombre la sigue viendo se ríe levemente, después se agacha y alumbra con una linterna hacia el interior de la escotilla.

Ella se pone rápidamente el gorro, y enseguida se coloca la peluca de cabello negro y liso.

El hombre baja por la escotilla, sus pasos se escuchan en eco mientras lo hace.

Ella mira hacia la ventana por unos segundos.

"Hijos de perra," grita un hombre.

Ella levanta una de las cejas, después se acerca a la compuerta en el suelo.

"¿a quién tienes allí abajo?" ella le dice.

"A una familia completa," se escucha la voz del hombre en eco.

Ella vuelve a ver hacia la ventana, luego hacia atrás, se lleva una mano al pecho.

"Ven," le dice el hombre viéndola desde abajo.

La periodista se queda mirándolo por unos segundos, enseguida observa hacia la compuerta.

"Yo no veo escaleras," le dice.

El hombre se ríe ampliamente.

"Lo siento," dice mientras apunta con la linterna hacia el piso.

Se pueden ver siete escalones de maderera, está muy empinados.

"Esas escaleras me dan más miedo," ella dice mientras coloca un pie al borde del primer escalón.

El hombre se le acerca.

"Cuidado con la cabeza" le dice ayudándola a bajar por las escaleras.

Ellos llegan a una especie de sótano, todo está muy oscuro, se escuchan el chirrido de tablas cuando ellos caminan.

"Tengo muchas preguntas para ti," dice la periodista.

El hombre da varios pasos hacia adelante, después se gira y le apunta el pecho con la linterna.

"Quédate quieta," él le dice con un tono fuerte.

"¿qué pasa?" dice ella.

El hombre se acerca a ella de forma silenciosa, le alumbra el cabello y con cuidado le quita una araña gigante.

Ella se pone pálida, no hace ningún movimiento, sostiene la respiración.

El hombre sonríe, luego apunta con la linterna hacia uno de los costados, camina unos metros hacia adelante y toma una máscara de montaña.

La periodista se queda estática mirando a las paredes.

Otra araña camina de forma rápida.

Ella se estremece, y corre hacia adelante.

El hombre se coloca la máscara.

Ella se acerca, se queda mirándolo.

"No sería mejor que yo también tuviera una de esas," le dice.

El hombre sonríe y niega con la cabeza.

"Confía en mí," él le dice.

Ella asiente, vuelve a ver a las paredes, respira profundo y toma del brazo al hombre.

Él la mira por unos segundos, después la hace caminar a pasas largos.

Hay muchos objectos en el suelo.

La periodista se tropieza varias veces.

"¿qué es esto? ¿hacia dónde vamos?" ella le dice.

El hombre se detiene, le hace una seña para que guarde silencio.

Ella se pone pálida, observa hacia arriba.

Un chico tose como si se estuviera ahogando él tiene el rostro muy blanco, tiene negro alrededor de los ojos.

Otro chico se le acerca se apoya en uno de los árboles que los rodean, y lo observa con atención.

"Tranquilo que ya paso la peor parte," le dice mientras le palmotea en uno de los hombros.

El chico sigue tosiendo escupe varias veces y se arquea como si fuera a vomitar.

El otro chico sonríe por varios segundos, enseguida observa hacia la cerca del patio trasero de la casa.

"Vamos," le dice agarrándolo del brazo y haciéndolo correr unos metros más hacia los árboles.

Los dos se detienen unos metros más adelante.

El chico sigue tosiendo, después mira al otro chico.

El otro chico se sonríe levemente, y le toca el brazo.

"Ya no te moriste," le dice.

"¿qué me diste?" le dice el chico después de toser y llevarse la mano a la garganta.

"Él bebe está llorando," dice otro chico que camina por el medio de los arbustos muy cerca de ellos.

"¿La mama se dio cuenta?" ´ él agrega viendo al chico que está al lado del que está tosiendo.

"Nah, él se despertó antes de tiempo," le dice.

"Que bien, ahora tenemos que ir por los demás," dice el chico que recién llego.

El chico que está tosiendo hace una arcada como si estuviera vomitando, escupe, después se pone de pie.

"Espera," dice.

El chico se devuelve, le palmotea fuerte la espalda.

"Si, ya lo sabemos, no te moriste, ya eres inmortal," le dice sonriendo.

El chico frunce las cejas, lo mira mientras se lleva una mano a la garganta.

"¿escucharon las noticias?" el chico dice.

El chico que recién llego camina como si estuviera bailando.

"Claro, la chica está desaparecida," dice con una gran sonrisa.

El chico tose de nuevo, se agacha, escupe, luego se vuelve a poner de pie y los mira a los dos.

"Esto es serio, están ofreciendo recompensa por ella y por Stella" les dice con voz entrecortada.

El chico que recién llego se acerca a él.

"Umm, pero como estas de preocupado por Stella," le dice mientras le toca el hombro.

El otro chico vuelve a ver hacia la casa.

"Ahora sí parece que su mamá se enteró," dice.

Los otros dos voltean a mirar.

Todo está en silencio.

El chico que recién llego frunce los labios.

"Otro que se volvió loco," dice antes de sonreír.

"En serio, escuche algo," dice el chico mientras sigue observando hacia la casa.

El chico que recién llego golpea en la espalda al chico que

está tosiendo.

"Ya estuvo bueno de tanto toser," le dice.

El chico se pone de pie, arruga el rostro por unos segundos.

"Todo es muy raro, la desaparición de las dos chicas," dice como si le costara hablar.

"Si es verdad," dice el chico que está mirando hacia la casa.

Luego él se da vuelta, enciende un walkie talkie.

El chico que recién llego se pone a bailar, canta, se pone la mano al frente como si fuera un micrófono.

"Sé dónde está la chica, sé quién la tiene" él canta.

Los otros dos chicos se miran por un momento.

El hombre se sienta antes de una puerta estanca como las de un buque.

La periodista mira hacia atrás, después se gira y coge la linterna que esta sobre una caja de madera a pocos centímetros del hombre

"Te queda bien el cabello negro," él le dice.

Ella frunce los labios por un momento, se mira el cabello, se alumbra el pecho, las piernas, se pone pálida.

"¿Tengo más arañas?" ella le dice.

El hombre sonríe.

"Déjame ver," le dice mientras le quita suavemente la linterna de las manos.

Ella lo mira, asiente, luego se pone de pie y se da vuelta.

"Sentí que algo corrió por mi espalda," dice con voz nerviosa.

Él apunta la linterna hacia ella, se queda mirándole el cabello, y la cintura.

"¿tengo algo?" ella le dice.

El hombre sonríe.

"No te vayas a mover," le dice mientras se acerca cuidadosamente.

Ella se pone pálida, sus ojos se ensanchan.

"Quítamela por favor," elle dice como si fuera a llorar.

Él sigue sonriendo, luego suavemente le acaricia la espalda.

"Listo, tenías una mota," le dice.

Ella se gira hacia él.

"En serio, dime si tengo algo," ella le dice mirándolo a los ojos.

El hombre mueve ligeramente la cabeza en señal de negación, después se vuelve a sentar y deja la linterna en la caja de madera.

La periodista se queda viéndolo por un momento, enseguida emite un grito, y se toca la peluca.

"¿tengo algo en el pelo?" dice.

El hombre se queda mirándola.

"Son inofensivas," le dice.

Ella se sigue observando el cabello, luego se mira todo el cuerpo.

"Confía en mí, no tienes nada," él dice en un tono serio.

La periodista se queda unos segundos mirándose los pies, enseguida asiente y se sienta dónde estaba.

El hombre se queda mirando a una fotografía enmarcada en madera.

La periodista lo voltea a mirar, después mira hacia la fotografía.

Se puede ver una chica en blanco y negro, ella tiene el cabello liso, le llega hasta los hombros.

"¿quién es?" ella le dice.

El hombre se queda en silencio, sigue mirando el retrato, pareciera que la mira a los ojos.

"Es bonita," dice la periodista.

El hombre asiente, sus ojos se llenan de lágrimas.

"¿quién es?" vuelve a decir la periodista.

"Mi esposa," él dice en voz entrecortada.

Ella se aclara la garganta.

"No me has contado, que paso cuando viste la mancha roja," le dice acercándose un poco más a él

El limpia la fotografía, la deja boca abajo en una mesa pequeña de madera llena de polvo.

"¿Vas a seguir entrevistándome oficialmente?" le dice.

Ella se queda observándolo por unos segundos, después asiente.

"¿Si tú quieres?" le dice mientras saca su teléfono.

Él se sienta en la mesa y la mira a los ojos.

Ella se le acerca y le pone el teléfono como micrófono.

"Quiero aclarar que no lo hice con la intención de hacerle daño, solo quería darle un pequeño escarmiento," él dice.

La periodista levanta una de las cejas.

"¿a quién?" dice mientras acerca la boca al teléfono.

"Creo que empezare mejor desde la ocho de la mañana cuando yo estaba arreglando el jardín, pues algunos gatos habían escarbado" él dice.

"¿Que paso con Dylan?" dice uno de los chicos mientras mira al que tiene el walkie talkie en la mano.

"Dylan este es un llamado del mas allá," dice el chico hablando por el walkie talkie.

El chico se queda en silencio por unos segundos.

Los otros dos chicos se quedan viendo al walkie talkie.

"Cuando hable con él escuche al papá, no creo que venga," dice uno de los chicos antes de toser y agacharse como si fuera a vomitar.

"Ya no te moriste deja de toser," dice el chico que sostiene el walkie talkie.

"¿Quién se está muriendo?, Aquí Ryan les habla desde el mas allá" dice un chico por el walkie talkie.

Los tres se ríen al mismo tiempo.

"Resucito del mas allá, tiene las muletas listas," dice el chico que sostiene el walkie talkie.

"Afirmativo, miren a su izquierda," se escucha la voz del chico.

Ellos voltean a mirar.

Un chico con un cabestrillo en el brazo derecho, viene caminando con un walkie talkie en sus manos.

Uno de los chicos levanta una de las manos en saludo.

Ryan se detiene deja el walkie talkie en su cinturón, y continúa caminando hacia ellos.

El chico que está apoyado en uno de los árboles se le acerca y le da la mano.

Ryan le estrecha la mano, se queda viéndolo fijamente.

El otro chico sigue tosiendo.

"¿qué le pasa a Aaron?" Ryan dice.

El chico que sostiene el walkie talkie se acerca a Aaron y le palmotea la espalda.

"Resucito de las cenizas, es el ave fénix" dice.

El chico se pone de pie y lo mira a los ojos.

"Cooper, es en serio que me diste, todavía me siento mareado," le dice.

"Dylan sigue en el mas allá," dice un chico por el walkie talkie.

Los chicos se miran por unos segundos.

"¿Necesita apoyo? para mandarle a uno de los demonios," dice Cooper mientras se acerca el walkie talkie a la boca.

Ryan se acerca un poco más.

El otro chico se queda mirando a la casa fijamente.

"¿Dylan?" dice Aaron acercándose a Cooper.

"¿Que hace con ese aparato?," se escucha la voz de un hombre por el walkie talkie y luego interferencia.

Los chicos se miran.

"Él estará aquí en unos segundos, siempre es lo mismo," dice el otro chico mientras se acerca a ellos.

"¿porque tan seguro? Mas bien escupa donde está la chica," dice Cooper mientras lo mira fijamente.

Aaron se toca la garganta, su rostro palidece.

"Yo no toque a la chica," dice mientras alza los brazos.

"Yo tampoco," dice Cooper.

"Yo menos," dice Ryan mostrándoles el brazo con el cabestrillo.

El otro chico arruga la nariz camina hacia ellos de forma acelerada.

"Creen que, porque Dylan y yo si lo hicimos, de hecho, estuvo delicioso, ¿ustedes se van a salvar?" les dice.

Aaron levanta una de las cejas.

"Parker, ¿de qué carajos está hablando?" le dice.

Parker se le acerca y lo coge de la garganta.

"¿qué pasa niñito metido en las faldas de la mamá?" le dice mientras aprieta los dientes.

"Ratas, estaré ahí en cinco minutos" se escucha a un chico por el walkie talkie.

Parker arruga la nariz, le suelta la garganta a Aaron, y camina hacia uno de los lados.

Aaron se agacha, tose y escupe.

De pronto ellos se agachan, y miran a un drone.

"Entonces fue de casualidad que viste el dibujo en internet," le dice la periodista quien se mira el pelo y los brazos.

El hombre se acomoda la máscara, enciende una lampara de aceite que está ubicada a uno de los costados.

Ella sigue observándose el cabello, después se mira el pecho, las piernas.

El hombre deja la lampara sobre una caja de madera.

La periodista lo mira fijamente.

Él se vuelve a sentar y la observa a los ojos.

"No me había fijado que tienes los ojos claros," ella le dice antes de sonreír.

Él se acomoda con la espalda erguida, sonríe.

"Respondiendo a tu pregunta, si, aunque ahora pienso que no fue ninguna coincidencia," él le dice.

"Emm, ¿qué te está haciendo cambiar esa idea?" dice la periodista acercándose el teléfono hacia la boca.

El hombre se pone de pie, se queda observándola fijamente por unos segundos, después busca algo entre las cosas que hay encima de una mesa al lado de la puerta estanca.

Ella se queda observándolo fijamente, enseguida mira hacia uno de los lados, se mira las manos, se pone de pie observando hacia donde estaba sentada.

El hombre asiente cuando encuentra una hoja blanca doblada por la mitad.

La periodista se lleva una mano al pecho, se gira y lo mira atentamente.

El hombre desdobla la hoja.

En el medio aparece un gráfico de color rojo.

La periodista eleva una de las cejas.

"¿eso fue lo que encontraste en internet?" le dice.

El hombre se queda viendo a la hoja de papel, respira hondo, asiente y se le entrega.

Ella la recibe, se sienta y la observa con atención.

"¿la dibujaste?" dice.

El hombre mira hacia la pared por unos segundos, después

la observa fijamente.

"Ese dibujo lo hice cuando estaba en primaria, lo encontré hace poco mientras buscaba unos documentos," él le dice.

Ella entreabre la boca, lo observa con atención.

"Ya ves porque ahora pienso que no fue una coincidencia," dice el hombre mientras se inclina hacia ella.

La periodista asiente, observa al dibujo detenidamente.

"Después de lo que me dijiste sobre la figura, puedo verle los símbolos de infinito, también el otro símbolo," ella dice.

El hombre asiente, se endereza recargando completamente la espalda en la pared.

"Si lo miras desde lejos y cierras un poco los ojos, veras algo diferente," él le dice.

Ella estira su mano alejando el papel, luego entrecierra los ojos.

"es verdad," dice.

El hombre se vuelve a inclinar hacia adelante.

"Ya sabes mis razones por las cuales quería darle algo de su propia medicina, pero fue algo diferente al ingresar esa noche a su jardín" él dice viendo hacia el suelo.

La periodista asiente, deja la hoja de papel encima de sus piernas y le acerca el teléfono como si fuera un micrófono.

De repente ella se estremece, y mira hacia la puerta.

"¿que fue eso?" dice.

El hombre se pone de pie, estira las manos tocando el techo.

Se puede escuchar como si alguien estuviera arriba de ellos.

La periodista guarda el teléfono, deja la hoja de papel sobre una mesa de madera, se pone de pie y coloca la espalda contra una de las paredes.

El hombre asiente, se gira hacia ella, le hace un gesto para guardar silencio y se acerca a la puerta.

"¿Dónde estamos?" dice la periodista mientras se arregla la peluca.

El hombre mira hacia uno de los lados, la toma de la mano la hace correr por unos minutos entrando por el medio de los árboles.

Allí se escuchan muchas voces, se ven los brillos de linternas.

Ellos están en una zona boscosa, los troncos de los árboles se confunden con el cielo oscuro.

El hombre la mira por unos segundos, le hace una seña y se agacha.

Inmediatamente la chica se agacha también

"¿Lo harías con una muerta?" dice uno de los hombres cerca de los árboles.

"depende, si se acaba de morir y aún está caliente, si lo haría" dice antes de reír ampliamente.

"Es decir que ahorita vas afilar al sargento," le dice.

El hombre y la periodista corren pasando algunos árboles.

Ellos pueden verlos muy cerca.

Los hombres portan uniformes de la policía, los dos llevan una pala en la mano y uno de ellos una bolsa terciada en el hombro.

"¿de verdad? ¿tenemos que hacerlo?" dice uno de ellos

El otro se detiene y lo mira fijamente.

"¿Quieres ir a la cárcel?" le dice.

El policía mueve la cabeza en negación.

"No hay que dejar evidencias," dice el otro hombre mientras camina a pasos largos hacia el frente.

La periodista entreabre la boca saca el teléfono y los enfoca con la cámara.

El hombre le toca la mano y niega con la cabeza.

Ella se pone pálida, lo mira fijamente.

El hombre le hace una seña para guardar silencio y la dirige unos metros más adelante caminando entre los árboles.

De pronto el hombre hala a la periodista haciéndola agacharse de forma inmediata.

Los dos policías se devuelven.

"No puede ser que hayas olvidado eso," dice uno de ellos.

El otro da varios pasos hacia adelante y se le atraviesa en el camino.

"¿y si lo hacemos así? ¿no daría lo mismo?" le dice.

El policía frunce los labios.

"¿puede que sí?" dice en voz baja.

"Eso, darle el ultimo susto con saliva," dice el otro hombre.

El policía mira hacia los lados.

"¿escuchaste eso?" dice.

Los ojos de la periodista se ensanchan, se tapa la boca-nariz con una de las manos.

"Está bien, vamos a recoger eso, porque estas paranoico," le dice el otro hombre mientras sonríe y se lleva la pala al hombro.

El policía asiente y camina hacia adelante alejándose de los arbustos.

"Confía en mí, es mejor no dejar nuestro ADN de ultimas," dice sonriendo.

"Además con lo seca que esta, ya lo tengo irritado," él

agrega mientras camina a grandes zancadas.

La periodista sigue observándolos.

El hombre le coge el brazo de forma suave, y le hace una seña para que se ponga de pie.

Los dos policías desaparecen entre los árboles, sus voces se escuchan muy lejos.

El hombre se pone de pie y camina entre los árboles.

La periodista se devuelve unos metros caminando agachada y enfoca con la cámara de su teléfono a los dos policías.

"Una evidencia," dice en voz baja.

De pronto ella se estremece suelta el teléfono.

Se escuchan pasos de una persona acercándose.

Ella se gira aparatosamente, su rostro luce muy pálido.

El hombre la está observando fijamente a unos pocos centímetros.

Ellos siguen caminando por el medio de los arbustos, de pronto se escuchan voces y gritos de una mujer.

El hombre mira hacia todos los lados.

"Ya no más por favor," se escucha la voz de una chica.

El hombre le hace una seña a la periodista para que se quede quieta.

Ella asiente, se agacha y mira atentamente en dirección de las voces.

Hay tres policías al lado de una chica que esta amarrada de pies y manos.

"¿porque le puso la ropa interior?" dice uno de ellos antes de reír a carcajadas.

Un policía se acerca a la chica le coge los pantis, los estira.

"Acaso no les gusta jugar con ella antes de hacerla gemir," dice mientras le mete la mano dentro de los pantis.

"Kemosabe tiene razón," dice otro de los policías mientras se acerca a la chica.

Ella se mueve y grita de nuevo.

"Pero le falto una cosa," dice el policía que está mirando hacia los árboles.

Inmediatamente el policía que tiene la mano dentro de la ropa interior de la chica, la abofetea, después recoge del piso una blusa de color rojo y se la pone como mordaza.

"Listo, ya quedo lista para unos cien toques," dice.

El otro policía que está cerca de la chica comienza a tocarle las piernas, después le rodea con las manos las nalgas y se las aprieta.

"Si, con ropa interior se siente diferente," dice.

El policía que está mirando a los arbustos se acerca, lo hala de la chaqueta haciéndolo retroceder.

"Probémosla una vez más," dice mientras él le empieza a apretar las nalgas como si las estuviera amasando.

La chica se mueve, emite un grito.

El policía mira a su compañero y le hace una seña con las cejas.

El otro policía le aprieta la blusa que la chica tiene en la boca.

Ahora el policía que le está tocando las nalgas a la chica, le acaricia la vagina sobre los pantis.

"Así si, se siente húmeda a la perra," dice en voz alta.

El policía que esta atrás destapa una botella de agua.

"Échele agua," le dice.

El otro policía deja de acariciarla, da unos pasos hacia adelante y le recibe el agua.

El policía que le ha puesto la mordaza a la chica los observa por uno momento, después se acerca a la chica, la penetra haciéndole a un lado los pantis.

Sus compañeros se giran al oírlo gemir y mueven las cabezas.

Ellos miran hacia los árboles y se alejan unos metros.

Después de dos minutos, el policía que la está penetrando da un paso atrás y se limpia el pene con su camisa.

"Ya se puso seca," dice mientras se mira el pene.

El hombre se acerca un poco más.

La periodista se queda viéndolo fijamente, luego saca el teléfono y camina hacia el frente.

"¿Que se hicieron los de las palas?" dice otro de ellos

mientras mira hacia los árboles.

El otro de los tres enciende un cigarrillo, fuma botando el humo de forma lenta.

"No lo sé, pero ese es su problema, me voy a ver con la chica del perro," dice.

La periodista levanta una de las cejas y se acerca un poco más.

El otro policía asiente y camina acelerado alejándose.

"¿Qué tal si hacemos un trio?" le dice.

El policía que está fumando niega con la cabeza.

"Ni lo sueñes," dice mientras también se va hacia los árboles.

"Oigan esperen, que esta perra me lastimo el pene," dice el otro policía mientras arruga la nariz.

El hombre rápidamente atraviesa unos arbustos y sale a una planicie.

Desde allí se puede ver a una chica amarrada de pies y manos a uno de los árboles.

Ella tiene la cabeza caída, no parpadea mientras mira al suelo.

El hombre se acerca un poco, y se gira de forma abrupta.

"Lo siento," dice la periodista quien sostiene su teléfono en la mano.

El hombre mueve levemente la cabeza.

"No hay problema," le dice.

"Oh dios santo," dice la periodista al ver a la chica.

La chica sigue en la misma posición parece que estuviera perdiendo el sentido.

El hombre la observa fijamente, después mira hacia todos los lados, y saca una navaja de uno de su bolsillo.

La periodista la graba con su teléfono, se gira lentamente grabando también parte de la zona y de los árboles.

El hombre se acerca con pasos lentos hacia la chica.

"Tranquila, te voy a soltar," le dice en voz baja.

La chica mueve levemente la cabeza y lo observa.

Ella intenta decirle algo.

La periodista se queda estática por unos segundos, después se acerca un poco a ellos.

El hombre rápidamente le corta las cuerdas de las manos, también le quita la mordaza.

La periodista mira hacia atrás.

"Alguien viene," dice.

El hombre acelera los movimientos le corta las sogas de los pies.

La chica se queda mirándolo fijamente, sus lágrimas bajan por sus mejillas.

"Gracias," le dice casi sin aliento.

Él asiente y la ayuda a bajar al suelo tomándola de la cintura.

La chica emite varios quejidos de dolor.

"Vamos," dice la periodista mientras corre hacia ellos.

"¿puedes caminar?" le dice el hombre a la chica.

Ella asiente da varios pasos hacia adelante, pero resbala.

El hombre la agarra de inmediato, emite un gemido mientras la alza, y luego la carga en brazos hacía unos arbustos.

La periodista mira hacia atrás, su rostro palidece, rápidamente corre y se agacha detrás de unos arbustos.

"¿quieres echarte el ultimo polvo con la zorra?" dice un policía que sostiene una pala en sus manos.

"Claro," dice otro mientras se detiene a orinar.

El rostro de la periodista palidece camina agachada hacia otro de los arbustos.

El hombre deja a la chica en el suelo, enseguida observa hacia el frente.

"¿escuchaste eso?" dice uno de los policías mirando en dirección donde está la periodista.

Los ojos del hombre se ensanchan, da varios pasos hacia adelante.

El policía se acerca a los arbustos a pocos centímetros de

la periodista.

"Carajo," dice mientras bota la pala al piso y se lleva la mano a la pistola.

"¿qué?" dice el otro policía mientras voltea orinándose los zapatos.

El policía saca el arma.

La periodista corre agachada.

El hombre golpea al policía con una roca haciendo lo caer al suelo.

Se escucha un disparo.

El otro policía se sube los pantalones, tiembla mientras intenta sacar el arma de la funda.

La periodista sigue corriendo sin dirección por el medio de los arbustos.

"Espera," le dice el hombre en voz baja mientras la sique a pocos metros de distancia.

El policía se levanta del suelo, se revisa la cabeza, luego apunta a los arbustos y dispara.

La chica se tapa la boca y la nariz, se agacha un poco más escondiéndose detrás de unos arbustos.

"Se la llevaron," dice el otro policía al ver el árbol donde estaba amarrada la chica.

"por aquí no es" dice Cooper en voz alta.

Dylan se la acerca y le apunta con el arma.

"Silencio," le dice.

Cooper se pone pálido, abre los ojos más de lo normal.

"vi otro Drone," dice Parker mientras camina entre los arbustos.

Dylan gira hacia donde Parker está señalando con la mano.

"Esto es por violar a la chica, nos están buscando," dice Ryan.

Ryan, Aaron están agachados detrás de unos arbustos.

Dylan se gira, los mira por un momento, después se acerca a Ryan y lo hace ponerse de pie halándolo del pelo.

Aaron se pone de pie y camina en medio de los dos.

"Ya es suficiente," les dice.

"Mírenlo," dice Parker señalando con la mano.

Dylan arruga la nariz empuja Ryan, se gira y se aleja unos metros de los árboles.

"Yo no veo nada," dice.

Aaron le toca el hombro a Ryan y mueve la cabeza.

Ryan asiente, y le da la mano.

"Mi mamá debe estar preocupada," dice Aaron sonriendo levemente.

"La mía casi no me deja salir después de lo sucedido," le dice Ryan.

"Ey," les dice Dylan quien corre entrando a los arbustos.

Los demás chicos se quedan observándolo por un momento después asienten y lo siguen.

"Maldita perra," se escucha decir a un hombre.

Los chicos se agachan, miran hacia todos los lados.

"Están cerca," dice Parker en voz baja mientras camina agachado entre los arbustos.

De repente una chica desnuda pasa corriendo muy cerca de ellos.

Aaron levanta las cejas, se queda mirándola.

La chica se detiene unos metros más adelante, cuando los ve sus ojos se abren completamente, mira al piso coge un palo y se acerca con violencia golpeando a Parker en la cabeza.

"Auxilio," grita Parker mientras se cubre el rostro con las manos.

Dylan arruga la nariz se pone de pie y dispara al aire.

"Quieres más, perra prostituta" le dice en voz alta.

La chica se gira y sale corriendo entre los arbustos.

"Se fue por allá," se escucha decir a un hombre

Parker se pone de pie se mira la cabeza, tiene una pequeña herida en la frente.

Aaron lo voltea a mirar.

"¿qué me miras imbécil?" le dice a voz alta.

"¿escucharon eso?" dice un hombre.

Dylan se gira de forma rápida, se agacha y apunta con el arma.

"Mejor vámonos," dice Ryan mientras se gira y camina agachado devolviéndose.

Los ojos de Aaron se ensanchan.

"No, espera," le dice.

Se escuchan un disparo y el movimiento de ramas.

Ryan cae al piso y emite un quejido de dolor.

"Fuck," dice Dylan mientras dispara varias veces hacia los arbustos.

El rostro de Aaron queda totalmente sin color, se tira al suelo y se arrastra hacia Ryan quien está quejándose de uno de los pies.

"Me dieron," grita.

Parker y Cooper corren agachados pasan por encima de Ryan.

Dylan se agacha un poco más, apunta con el arma y dispara de nuevo.

Inmediatamente se escucha un gemido de un hombre.

"Hijo de puta," dice otro hombre.

Se pueden escuchar muchos disparos, muchas ramas de árboles caen al suelo.

"Ayúdenme," les dice Ryan.

Aaron se le acerca, después se pone en cuclillas y le revisa el pie.

"Fue superficial," le dice mientras le mira la herida.

Ryan se mira el pie, después lo mueve, y asiente.

Se escuchan muchos disparos.

Dylan corre con mucha velocidad y pasa por el lado.

Aaron observa hacia atrás sus ojos se ensanchan.

La periodista resbala cayendo en medio de los arbustos.

Sus manos tiemblan cuando se trata de poner de pie.

Ella emite un quejido mientras se agarra a una de las ramas de los arbustos.

De repente se gira de forma violenta y empuja a un hombre quien la sostiene de uno de los hombros.

El hombre da varios pasos hacia atrás para evitar caerse, enseguida la observa fijamente y corre tras ella.

Ella corre agachada emite quejidos frecuentemente.

Uno de sus pies vuelve a tropezar con algo en el suelo y cae de nuevo al suelo.

"Soy yo," dice el hombre de mascara de invierno.

La periodista arruga el rostro, apoya sus manos en el suelo.

El hombre se le acerca un poco más y le da la mano

ayudándola a ponerse de pie.

"Gracias," ella le dice arrugando el rostro.

El asiente, después mira hacia los árboles.

La periodista se mira los pies, se sacude el jean por unos segundos.

"¿y la chica?" dice.

El hombre se queda mirándola.

"Ella se asustó y corrió," él dice mientras se agacha y observa hacia atrás.

La periodista lo ve, y tambíén se agacha.

El hombre camina un poco más entre los árboles.

Sus ojos se ensanchan, rápidamente de devuelve, coge a la periodista de la mano y la hace correr hacia uno de los lados.

"Vamos," le dice

Pasan varios policías, todos tienen pistolas en las manos.

El hombre y la periodista se quedan agachados mirándolos detrás de unos arbustos.

"Hijos de perra," uno de ellos dice.

Se pueden escuchar muchos disparos.

El hombre da varios pasos hacia el frente y le hace una seña a la periodista.

Ella asiente, y lo sigue.

Ellos caminan agachados por el medio de los arbustos por varios minutos.

Se escuchan gritos y muchos disparos.

"Le dieron," grita un chico.

"Quédate aquí," le dice el hombre a la periodista mientras la mira a los ojos.

Ella se pone pálida.

El hombre se pone de pie y corre por el medio de los arbustos.

La periodista se queda en la misma posición por varios minutos, después camina agachada hacia el frente.

Se puede escuchar quejidos, el sonido de las ramas al moverse.

Ella da media vuelta y mira hacia los arbustos.

De repente aparece un chico al lado de ella, él se queda mirando hacia el frente, mantiene su boca entreabierta.

Los ojos de la periodista se ensanchan, se queda viéndolo fijamente.

El rostro del chico parece el de un cadáver, se tambalea y cae al suelo.

La periodista se lleva una mano a la boca, se queda estática.

"Le di al hijo de puta," se escucha a un hombre a lo lejos.

Ella mira hacia atrás por un momento, enseguida se acerca cuidadosamente al chico.

"Vienen para acá," dice el hombre mientras se acerca rápidamente.

La periodista grita, después se tapa la boca.

El hombre le toca uno de los brazos, luego se acerca al chico.

"Ayudémoslo," dice mientras le sujeta uno de los brazos al chico.

Ella asiente, se acerca y lo coge del otro brazo.

El hombre acomoda el brazo del chico alrededor de su nuca.

"A la cuenta de tres," le dice a la periodista mirándola.

Ella mueve la cabeza en confirmación.

"Uno, dos y " dice el hombre mientras levanta al chico haciéndolo ponerse de pie.

La periodista lo sigue sujetando del brazo.

Entre los dos lo cargan llevándolo por el medio de los arbustos.

La periodista lo sigue sujetando del brazo.

Entre la periodista y el hombre entran al chico por la puerta estanca.

Se pueden escuchar voces y disparos.

La periodista mira hacia atrás, después otra vez mira hacia el frente, arruga el rostro al sostener al chico.

"Está perdiendo el conocimiento," ella dice.

El hombre se detiene, mira al chico, asiente, saca algo de uno de los bolsillos de su pantalón, y se lo acerca a la nariz.

El chico prontamente mueve la cabeza.

"No le hagan daño a mi madre," él dice como si estuviera desvariando.

La periodista mira al hombre fijamente.

"Tal vez sea un mal momento, pero no se tu nombre," le dice mientras le acomoda los pies al chico dentro de la habitación.

El hombre emite un gemido mientras alza de los dos brazos al chico y lo acomoda sobre un tapate al lado de una mesa de madera.

Enseguida él se frota las manos, y la mira fijamente.

"Theodore," dice con voz gruesa.

La periodista lo mira bien.

"Enserio ese es tu nombre," le dice.

"Tal vez si es un mal momento para nombres," dice el hombre mientras le pone un cojín debajo de la cabeza al chico.

Ella asiente mira hacia la puerta.

De repente se estremece, y da un paso hacia atrás.

Un fuerte disparo se escucha por el lugar.

Ella abre los ojos más de lo normal, y cierra puerta rápidamente.

El hombre la sujeta de los dos brazos.

Ella grita, se pone pálida.

"¿Theodore?" dice el hombre mientras sonríe levemente.

La periodista se lleva una mano al pecho, y se gira para verlo.

"Si hay algo que me arrepiento es no haber cambiado el nombre, aunque puedes decirme Thomas," él dice mientras la mira.

"Yo no hice nada," dice el chico tratándose de ponerse de pie.

La periodista alza las cejas, lo mira, se acerca enseguida, se agacha y lo revisa.

Se pueden escuchar pasos de alguien corriendo.

El hombre mira hacia el techo de la habitación, luego mira al chico.

El chico está temblando, su rostro está muy blanco, tiene mucho sudor en la frente.

La periodista se queda viéndole la herida que el chico tiene cerca de la rodilla.

El chico los mira, ensancha los ojos, y se intenta poner de pie.

El hombre se acerca.

"Sujétale los brazos" le dice a la periodista.

"¿qué?" ella dice mientras se gira para verlo.

El hombre lo coge de los brazos, lo hala hacia atrás.

"Alcánzame una caja de color verde que está en una de las mesas," le dice a la periodista.

Ella asiente mantiene su boca entreabierta, se pone de pie y camina hacia unas mesas de madera cerca de la puerta.

El hombre emite un quejido.

La periodista mira hacia todos los lados, después ve una caja plástica de color verde, ella asiente y la coge de forma rápida.

El hombre sostiene de la cabeza al chico y se la acomoda en la almohada.

Ella se acerca se queda mirando al chico quien esta con los ojos cerrados.

"¿Se desmayo?" ella dice.

El hombre se queda en silencio, enseguida se pone de pie y la mira a los ojos.

"¿Es otra pregunta de la entrevista?" le dice.

La periodista se lleva una mano al bolsillo, sus ojos se ensanchan.

"¡Mi teléfono!" dice.

Theodore se queda viéndola fijamente.

La periodista se lleva las manos a la cabeza.

La peluca se le hace a un lado.

Él se le acerca y le toca el hombro.

"Lo encontrare," le dice mientras camina hacia la puerta.

Ella mira al piso, vuelve a pasarse las manos por la cabeza.

"Es muy difícil puede estar en cualquier lado del bosque,"
ella dice en voz baja.

Theodore se quita por un momento la máscara de invierno,
él tiene una gran sonrisa en el rostro.

"Confía en mí," le dice.

Ella frunce las cejas.

"Como lo de la peluca, yo no le vi utilidad," ella dice

mientras se la quita.

Él se acerca a ella rápidamente, le sujeta la mano donde tiene la peluca, después se la quita suavemente de las manos y se la vuelve a colocar delicadamente.

"Créeme será lo mejor," le dice mientras la mira a los ojos.

La periodista lo mira también a los ojos y se queda en silencio.

Theodore se coloca de nuevo la máscara de invierno.

"Lo encontrare, lo prometo," él dice antes de sonreír.

Ella asiente.

"Gracias," le dice mientras le toca el antebrazo.

Theodore la mira por unos segundos, después mira al chico y enseguida camina hacia la puerta.

"Ya regreso," dice.

La periodista se arregla la peluca y lo observa.

"Gracias," le dice de nuevo.

Él levanta la mano en despedida, y cierra la puerta.

Ella se queda mirando al piso, se frota la barbilla por unos segundos.

El chico emite un quejido y arruga la cara.

Ella se gira hacia él.

"Tranquilo" le dice mientras se acerca.

"¿dónde estoy?" dice el chico mientras observa a su alrededor.

La periodista se agacha, le toca el brazo izquierdo.

"Estas en un lugar seguro," le dice.

El chico arruga el rostro, emite un quejido de dolor.

Ella se queda mirándole la herida.

"Tienes que ir a un hospital," le dice mirándolo fijamente

El chico arruga la cara emite un quejido de dolor.

"No, por favor ayúdame, me harán muchas preguntas y no quiero que me metan preso," dice el chico.

Sus ojos lucen desorbitantes y empieza a sudar por toda la cara.

Ella tuerce los labios.

"Yo no soy enfermera o médica, no sé cómo hacerlo," le dice.

El chico vuelve a quejarse.

"Ayúdame a llegar a esta casa," le dice mientras le hace

señas que quiere escribir.

"¿quieres escribir?" le dice la periodista.

El chico asiente.

"No es fácil de ubicar, pues esta escondida detrás de otra casa," él dice.

Ella asiente, se pone de pie y busca sobre las mesas.

Cuando hace a un lado las cosas que hay encima de la mesa, muchas fotografías de las manchas aparecen, estas están en las entradas de casas al lado de las puertas.

"Estas casas no son de este barrio," dice en voz baja.

El chico se queja de nuevo.

Ella lo mira por un momento.

"¿en qué parte del barrio estamos?" dice el chico observándola.

Ella mira de nuevo las fotos, toma una hoja en blanco que está a uno de los lados, también toma un marcador de color rojo que está al lado de las fotos.

"Esto servirá," le dice mientras le entrega la hoja y el marcador.

El chico asiente, tiembla mientras traza unas líneas en la hoja.

La periodista grita.

El chico mira hacia la puerta.

Theodore entra de forma acelerada se quita la máscara de invierno y la tira sobre la mesa.

Las cejas de la periodista se elevan completamente.

"¿qué ocurre?" le dice.

El camina hacia uno de los extremos de la habitación golpea con fuerza la pared y se abre la puerta de un estante.

El chico se queda estático, deja caer al piso la hoja que tiene en sus manos.

La periodista se pone de pie y se acerca a él.

Theodore saca una botella de agua y se toma varios sorbos.

Ella lo mira fijamente, enseguida observa hacia atrás.

El chico mueve la cabeza como si estuviera negando algo.

Theodore deja la botella en el estante y lo cierra con fuerza.

La periodista se acerca un poco más.

"¿pasó algo?" le dice.

Theodore se queda unos segundos mirando hacia la pared, enseguida se gira hacia ella, sonríe levemente.

"No. tuve que correr porque venían cerca," le dice.

Ella asiente, y vuelve a observar al chico.

"Mira," Theodore le dice

La periodista se queda observando al chico por un momento, luego se gira.

El hombre le muestra el teléfono mientras sonríe.

"Sano y salvo," le dice.

El chico mira atentamente a Theodore, sus ojos lucen enormes y tiembla.

La periodista queda con la boca entreabierta.

"¿dónde estaba?" dice mientras lo recibe.

Theodore se queda en silencio, y mira al chico fijamente.

La periodista se queda viendo al teléfono, desliza los dedos por la pantalla.

"No," dice el chico.

Ella se gira para verlo.

"¿qué ocurre?" le dice.

Él chico comienza a temblar.

Theodore se le acerca, se agacha y le coge una mano.

"Está muy pálido hay que sacarlo de aquí," él dice.

El chico arruga la cara tratando de liberar la mano que le sujeta Theodore.

La periodista mira fijamente a Theodore.

"¿Como lo encontraste tan rápido?" ella le dice.

Theodore sonríe ampliamente.

"Marque al número y estaba cerca," él dice.

Ella levanta una de las cejas.

"¿Como obtuviste mi número?" dice.

El hombre la mira fijamente a los ojos.

"Esta es otra entrevista, creo que fue suficiente por hoy,"

dice mientras coge al chico del brazo y lo levanta de forma rápida.

El chico grita de dolor.

"Con cuidado," dice la periodista mientras guarda el teléfono y se acerca a ellos.

Theodore asiente, deja de mover al chico, sosteniéndolo fuertemente del brazo para mantenerlo de pie.

La periodista mira hacia el piso, después hacia las mesas.

"¿que buscas?" dice Theodore mientras emite un quejido y sigue sosteniendo al chico de uno de los brazos.

Ella continúa mirando hacia todos los lados, enseguida mueve la cabeza y sonríe al verle una hoja de papel en la mano al chico.

Theodore observa con atención.

El chico comienza a sudar mucho, luce mareado.

La periodista se acerca, suavemente le quita la hoja de papel de las manos.

"Está muy frio, ¿porque no lo dejas acostado?" le dice a Theodore.

Theodore levanta una de las cejas.

"¿qué es eso?" dice mirando el papel que ella tiene en las manos.

"Él dice que, si lo llevamos a esta casa," ella le dice mientras le muestra el papel.

El chico se pone pálido, y niega con la cabeza.

Theodore se queda en silencio y luego vuelve a dejar al chico en el tapete.

La luz del sol hace su aparición dejando a la vista muchos restos de sangre por las calles, por algunos andenes y en las ramas de los arbustos en la parte de atrás de una de las casas.

Varios reporteros se acumulan en la entrada del barrio.

Una reportera logra pasar hacia uno de los andenes, ella está acompañada de un camarógrafo, quien tiene inconvenientes para pasar por la multitud de personas que están obstaculizando la calle.

Ella observa hacia las casas.

Se pueden ver muchas personas asomadas en las ventanas.

El camarógrafo levanta una de las manos en señal de OK, enseguida mira hacia atrás y corre.

Los dos se dirigen detrás de uno de los automóviles parqueados en la carretera.

La reportara se acerca el micrófono a la boca.

"La chica que estaba desparecida afortunadamente llego a su casa, aunque no con buenas noticias, ella dice que la tenían amarrada a los árboles para violarla cuando quisieran, en este momento ella está siendo revisada por los médicos" ella dice viendo hacia la cámara.

De repente sus ojos se ensanchan, un policía coge de la solapa de la chaqueta al camarógrafo y lo hala hacia atrás de forma violenta.

Inmediatamente un grupo de policías se acerca a la reportera, le quitan el micrófono y siguen empujando al camarógrafo sacándolo del lugar.

"Está bien, no tienen por qué empujarnos," dice la reportera mientras levanta los brazos y camina por el andén.

El policía aprieta los puños, y asiente dando varios pasos hacia atrás.

Le reportera sigue caminando por el andén, se queda viendo a una mujer que esta cruzada de brazos llorando al lado de una de las patrullas.

"Señora ya le dije que tiene que pasar setenta y dos horas para que pueda reportarlo como desaparecido, mientras tanto búsquelo en el barrio, porque debe estar en una de las casas," le dice uno de los policías a la mujer antes de llevarse un pocillo de café a la boca.

La mujer se gira y mira hacia la entrada de una de las casas.

Se puede ver a alguien entrando por la puerta.

"¿Aaron?" ella dice mientras corre en esa dirección.

El policía la ve, y frunce los labios.

"Estaba de rumba," dice antes de tomarse otro sorbo de café.

La mujer se detiene a pocos metros de haber entrado a la casa y mira hacia la cocina.

"¿Aaron?" ella dice.

Se pueden escuchar pasos de una persona.

Ella mantiene la mirada al frente camina de forma lenta, se acerca al mesón de la cocina.

De repente la puerta se cierra de forma sonora.

La mujer abre los ojos completamente, luego mira hacia los lados, toma un cuchillo que está al lado de lavaplatos.

"¿quién esta ahí?" ella dice con voz temblorosa.

Un hombre se aclara la garganta.

"Soy Aaron" dice en voz alta.

La mujer se pone pálida, mira hacia la parte de atrás de la casa y corre.

"¿Aaron?" dice otra vez el hombre.

La mujer se detiene en la puerta que da al patio trasero de

la casa, agarra la manija fuertemente.

Un hombre la sujeta de forma violenta del cabello y la hala hacia atrás.

Ella abre un poco más los ojos, se da la vuelta de forma acelerada enterrándole el cuchillo al hombre en uno de los brazos.

Dos policías están sentados al frente de una de las casas, ellos están viendo fijamente a la pantalla de un teléfono.

"La de pelo corto," dice uno de ellos mientras toca la pantalla con uno de los dedos.

"Mejor la rubia," dice el otro.

"Usted con la rubia y yo con mi morena," dice mientras vuelve a deslizar el dedo por la pantalla.

El otro policía mira hacia el lado derecho, después mira hacia el otro lado.

Una chica de pelo liso a la altura de los hombros, camina de forma elegante por el andén.

El policía se queda viéndola fijamente.

El otro policía se remoja los labios al ver la foto de una chica en un body de color negro.

La chica que viene caminando por el andén lleva un bléiser blanco con un top gris y jeans.

"Como ella," dice el policía quien la observa mientras le toca el hombro a su compañero.

El policía que sostiene el teléfono la voltea a ver rápidamente.

"Este es nuestro día de suerte," dice mientras se pone de pie.

El otro policía inmediatamente lo coge del brazo y lo hala hacia abajo haciéndolo sentar de nuevo.

"Por ahora tenemos que mantenernos al marguen, no queremos llamar la atención de más medios de comunicación," le dice.

El policía que sostiene el teléfono en sus manos sigue observando a la chica, frunce los labios, asiente, y mira de nuevo hacia la pantalla del teléfono.

La chica sigue caminando de forma lenta, los mira mientras pasa por el frente.

mientras la chica pasa, ellos miran atentamente hacia la pantalla del teléfono luego la observan detenidamente.

"Dejamos pasar una joya," el policía que sostiene el teléfono dice.

El otro asiente, después observa hacia la izquierda.

La chica sigue caminando de forma elegante, se queda mirando a unas personas que están reunidas en uno de los andenes en medio de dos casas.

Uno de los hombres del grupo la observa por unos segundos, después sigue hablando con las mujeres que están a su lado.

La chica sonríe, sus ojos claros contrastan con el color de su cabello negro.

Ella pasa por el medio del grupo como si ellos no existieran.

Dos de las mujeres se hacen a un lado para dejarla pasar, levantan las cejas, la miran por un momento, enseguida vuelven a sus posiciones.

La mujer sigue avanzando por el a den hasta llegar a la última casa de la cuadra, luego mira hacia atrás, hacia los lados, disimuladamente saca un teléfono y se le lleva al oído.

"Ya estoy en la entrada," dice.

Los dos policías se ponen de pie rápidamente, miran hacia la izquierda y corren deprisa.

La chica mira hacia la calle.

Los policías siguen corriendo por el andén.

Ella asiente, después mira hacia el grupo de personas que están a unos cuantos metros, sonríe levemente y se dirige hacia la puerta de la casa.

"Perfecto," dice mientras sigue sosteniendo el teléfono en su oído.

El grupo de personas sonríe ampliamente.

La chica se gira para ver hacia atrás, sus cejas se elevan por un momento.

"No, nada," dice mientras vuelve a mirar hacia la puerta de la casa.

"¿cómo?" se escucha la voz de una mujer al teléfono.

Theodore se aclara la garganta.

"La clave es la fecha que inicio todo," él dice mientras mira unas fotografías de una chica de suéter y leggins negros, ella sostiene un perro de la correa.

"¿cómo?" vuelve a decir la mujer en el teléfono.

"Debes saberlo, si en realidad eres una periodista," él le dice antes de sonreír abiertamente.

"Umm, recuerda que puedo irme en cualquier momento," ella le dice.

"yo no estaría tan seguro de eso," Theodore agrega observando fijamente a la chica en la fotografía.

"Listo, ya se abrió la puerta, ¿ahora que hago?" dice la mujer en el teléfono.

"Sigue derecho sin prender la luz, tranquila que no hay nada para que te tropieces," él le dice.

Se puede escuchar un crujido y el cerrojo de una puerta.

Theodore mira hacia atrás.

Una chica de cabello rubio entra, se le acerca y lo abraza por la cintura.

Ella viste una camisa blanca de cuello sin abotonar, unos brasieres de color azul con bordes negros y pantis del mismo color.

"Creo que estoy en la sala, no veo nada," dice la chica por el teléfono.

Theodore se gira y besa en la boca a la mujer de cabello rubio.

"¿Hola?" se escucha decir a la chica en el teléfono.

Theodore se lleva el teléfono al oído.

"Asegúrate de estar cerca de la pared," él dice.

La chica de cabello rubio da varios pasos hacia un lado, después empieza a bailar de forma erótica, gira subiéndose la camisa mostrando completamente sus glúteos.

Theodore la voltea a mirar, levanta una de las cejas y emite un suave gemido.

"¿Hola?" vuelve a decir la chica del teléfono.

La chica de cabello rubio ahora se sube la camisa hasta el ombligo, moviéndose sugestivamente y a veces tocándose uno de los glúteos.

Theodore se aclara la garganta, se acerca unos centímetros hacia la mujer.

Ella pone una mano en la pared, flexiona el pie derecho, dejando ver sus pantimedias en su totalidad.

Él se remoja los labios, se queda viéndola atentamente

La chica se gira apoyando ambas manos en la pared y moviendo las caderas.

Las cejas de Theodore se alzan por unos segundos.

Se puede escuchar un quejido por el teléfono.

La chica de cabello rubio se gira de nuevo dejando una mano apoyada en la pared, y con la otra tocándose una de las nalgas.

Theodore sigue mirándola fijamente.

La chica se mueve sensualmente se toca el contorno de sus glúteos, enseguida se gira completamente para estar cara a cara con él.

Theodore se quita el teléfono del oído.

La chica deja caer la camisa hacia sus manos, se mueve de

forma sensual, se toca los pantis, después se gira dándole la espalda y mueve la cadera sugestivamente.

Él pasa saliva sonoramente.

La chica se gira otra vez, deja caer la camisa al piso, luego se acaricia los senos, el abdomen, lo mira pícaramente mientras se baja las tirantas del brasier por sus brazos.

"Me tropecé con algo," dice la chica en el teléfono.

La chica de cabello rubio frunce los labios, se acerca a él bailando sensualmente y después le quita el teléfono de las manos.

"¿hola?" dice la periodista sosteniendo el teléfono en su oído.

Ella mira a la pantalla por un momento, y vuelve a llevárselo al oído.

Se escucha un crujido en el teléfono.

La periodista vuelve a mirar a la pantalla, después se gira hacia atrás de forma apresurada.

Se pueden escuchar ruidos como si alguien estuviera alzando la loza de la cocina.

Ella se estremece, luego usa su teléfono como linterna y observa hacia los lados.

La luz del teléfono apunta hacia una puerta, enseguida a un piano al cual le faltan algunas teclas.

De repente ella grita, suelta el teléfono.

Se pueden escuchar sus pasos al correr, después su

respiración acelerada.

Alguien enciende el estéreo, la canción "summer wine" comienza a reproducirse.

La respiración de la periodista se escucha más acelerada y sonora.

las luces se encienden.

Ella está gateando con las manos estiradas a pocos centímetros de su teléfono.

Un chico le está apuntando con un arma.

Ella lentamente se endereza.

"Las manos detrás de la cabeza," le dice el chico.

La periodista asiente, levanta las manos y arruga el rostro.

El chico se le acerca, y la mira atentamente.

Ella se pone pálida.

"Por favor no me haga nada," ella dice.

El chico da un paso hacia adelante.

La periodista se lleva las manos detrás de la cabeza.

El chico se acerca un poco más.

"Ese no es su cabello natural," le dice mientras le quita la peluca.

Los ojos del chico se abren por completo, después se lleva una mano a la cabeza.

"Te conozco," dice antes de apretar sus dientes y masajearse la cabeza con una de las manos.

La periodista lo mira fijamente, ella sigue con las manos detrás de la cabeza.

"Eres la periodista, la que están buscando," él dice mientras mira hacia uno de los lados.

Ella mueve la cabeza afirmando.

"¿puedo bajar las manos?" le dice.

El chico la mira, toma aire profundamente y asiente.

La periodista baja las manos lentamente y enseguida se pone de pie.

El chico se pasa la mano por la nariz.

"¿qué estás haciendo aquí?" dice mientras mueve la mano en la tiene a pistola.

Ella levanta los brazos.

"Cuidado se te dispara," le dice.

El chico arruga un poco la nariz, asiente, le pone el seguro al arma y la guarda.

La periodista se acerca con precaución.

"¿conoces a Theodore?" le dice.

"¿Theodore?" él dice alzando una de las cejas.

"Es un nombre alto, fornido que vive en las casas de enfrente," ella le dice.

El chico frunce las cejas, después niega con la cabeza.

"Donde dices vive una chica, en la otra dos ancianos y una niña" él le dice.

Dos líneas de expresión aparecen entre las cejas de la periodista.

"No, allí vive él, yo estuve allí," le dice

El chico camina hacia la ventana al lado de la puerta principal, y abre un poco la cortina.

"¿Te refieres a esa casa que se ve allí?" le dice.

La periodista se acerca cuidadosamente, mira por la ventana conservando su distancia con el chico.

"Umm, si esa," dice.

El chico cierra la cortina.

"Allí vive una mujer, hace poco su esposo murió," le dice.

La periodista se pone pálida, mira atentamente por la ventana, despúes cierra la cortina, da un paso atrás y mira al chico.

Historias llenas de secretos, de enigmas, del misterio que se esconde en la letra de los poemas.
Tejido sensualmente en torno a emociones, sentimientos, sueños y deseos.

Gracias !

Espero que lo hayas disfrutado :)

www.JohnM3Frame.com